KB080612

# 하트의 탄생

# 하트의 탄생

정이현 소설 — 불키드 그림

창비

# 차 례

## 하트의 탄생
◇◇◇◇◇◇◇◇◇◇◇◇◇◇◇◇◇

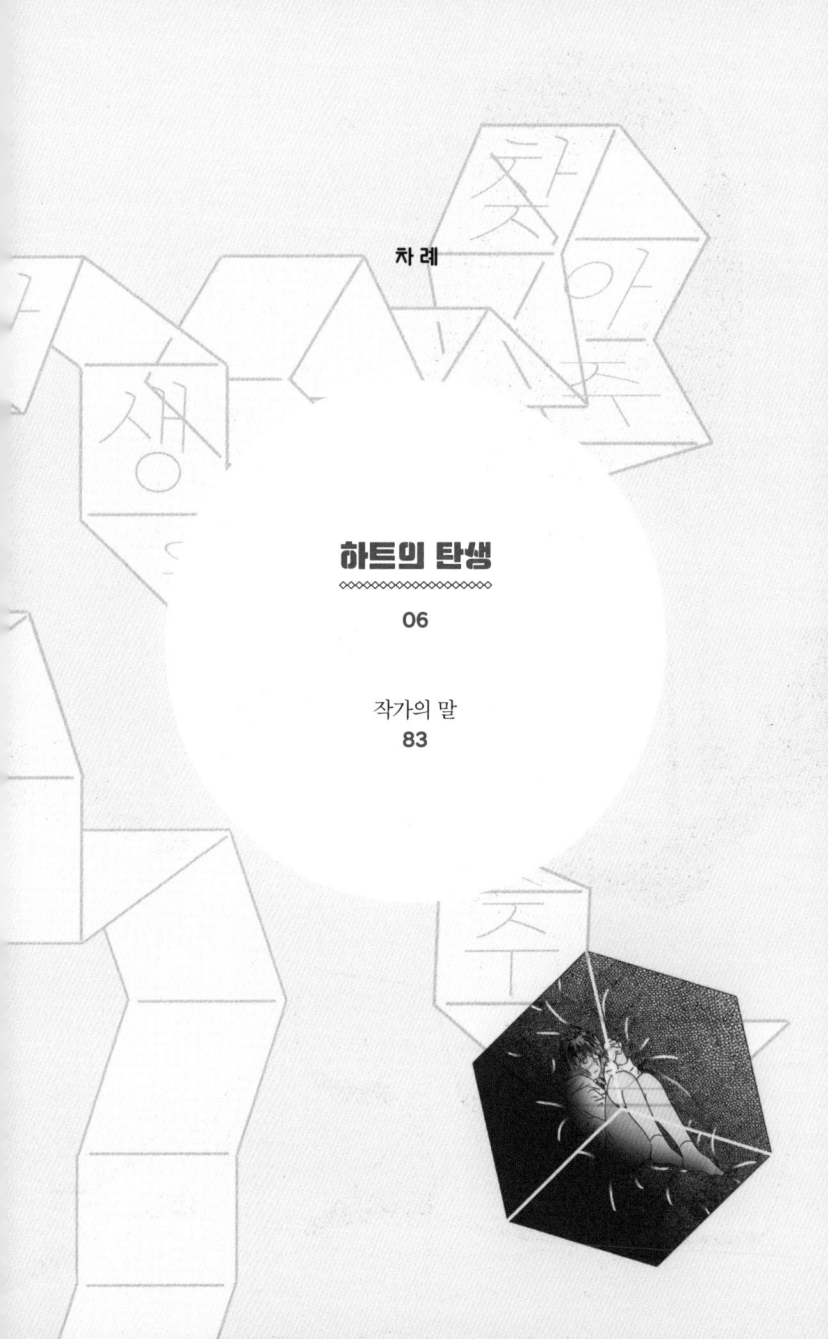

# 1

나는 왜 하필 나로 태어났을까? 다른 누군가일 수도 있었는데.

토요일 아침 눈 뜨자마자 그런 생각이 들었다. 내가, 내가 아니라 은결이면 어땠을까. 은결은 몇 안 되는 내 현실 친구 중 하나이다. 은결은 블랙핑크 제니를 닮았고 하루가 멀다 하고 컵라면과 아이스크림을 먹는데도 날씬했다. 그렇지만 월요일부터 일요일까지 학원을 매일 두 개씩 다녔고 자정까지 과외를 했다. 중학교에 들어오기 전에 고등 수학 진도를 다 마쳤고 지금은 수학 올림피아드를 준비하고 있었다. 음, 아무래도 안 되겠다.

그렇다면 조이. 조이는 내 현실 친구 중 가장 부자였다. 무엇보다 부러운 점은 엄마 카드를 써도 부모님에게 결제 알림 문자가 가지 않는다는 거였다. 스스로 알아서 돈을 규모 있게 쓰는 연습도 필요하다는 것이 조이 부모님의 교육 방침이라고 했다. 그런데 안타깝게도 두 사람의 의견이 일치하는 것은 그 한 가지뿐이었다. 부모님이 물건을 던지며 싸우는 건 너무 흔한 일이라 아무렇지 않지만 어제는 골프채를 들어서 경찰에 신고해야 하나 망설였다고 조이가 말했을 때 나는 아무 대꾸도 하지 못했다.

인생을 바꿔 살아 보고 싶은 대상은 내 주변엔 아무도 없었다. 역시 인간으로 태어나 사는 것은 누구에게나 어려운 일인가 보다. 그럼 인간이 아닌 존재라면? 조이의 강아지 두부처럼 말이다.

두부는 내가 아는 한 가장 몽글몽글하고 폭신폭신한 생명체였다. 조이네 집에 놀러 갈 때면 소파 위에 가만히 몸을 붙이고서 졸고 있다가 인기척에 화다닥 깨어나곤 했다. 두부는 인간들에게 쓰다듬을 당하고 뭔가를 먹고 배변을 하고 가끔 꼬리를 흔들다가 다시 조는 일을 종일 반복했다. 물론 조그만 개에게도 조그만 개만의 고충이 있겠지. 그렇지만 어떤 특별한 행동을 하지 않아도 그저 존재한다는 이유로 조건 없는 사랑을 받는 건 만 5세 이상의 인간에겐 불가능한 일이다.

내가 만약 강아지라면 지금보다 나은 삶을 살

고 있으려나? 글쎄. 내가 강아지라면, 고양이라면, 고슴도치라면 이 집에서 별 존재 가치가 없을지도 모른다. 동물에게는 사진을 찍어 줄 손가락이 없으니까.

"일어났니? 얼른 나와 봐!"

엄마의 목소리가 들려왔다. 나는 한숨을 참으면서 침대에서 몸을 일으켰다. 세상에 공짜는 없었고, 이 집에 사는 동안 나도 내 몫의 일을 해야 했다. 내 작은 방문의 문고리를 당기면서 강아지가 된 내가 지금의 나보다 존재 가치가 크다면 약간 슬플지도 모르겠다고 생각했다.

## 2

오늘은 꿀이었다. '개꿀'이라고 할 때의 그 꿀이 아니고 '꿀 빨았다.'라고 할 때의 꿀도 아니었다. 그럴 리가 없다. 나는 매일 반복되는 '오늘'들을 단 한 번도 완벽하게 달콤하다고 느낀 적이 없었으니까.

뉴질랜드 야생에서 자란 마누카 꽃에서 채취한 마누카 꿀이 엄마 인스타그램의 이번 공동 구매 제품이었다. 엄마는 거실의 대리석 테이블에 세팅을 완료해 두었다. 공구 제품을 촬영할 때 물건을 올려놓는 용도인데 아빠나 내가 거기 물잔이라도 놓았다간 금세 불호령이 떨어졌다. 촬영 때만은 예외였다. 오늘 아침 테이블 위에는 마누카 꿀을 1회 용

량씩 소포장한 스틱 꾸러미와 새빨간 떡볶이 접시가 놓여 있었다. 꿀 다음 공구는 떡볶이 밀키트라는 뜻이었다.

엄마가 꿀 스틱의 윗부분을 가위로 조심스럽게 잘라 냈다. 입구를 살짝 기울여 접시에 조르륵 따르자 반투명하고 끈적끈적한 황금색 꿀이 떡볶이 위로 쏟아져 내렸다. 로제떡볶이도 아니고 짜장떡볶이도 아니고 허니떡볶이라니. 한 번도 상상해 보지 못한 조합이었다. 엄마는 좌측 샷, 우측 샷, 초근접 샷, 항공 샷까지 연신 폰 카메라를 눌러 댔다.

엄마는 요새 자주 이런 식으로 일했다. 다음 공구 제품을 이번 공구 마케팅에 슬쩍 끼워 넣어 미리 홍보하는 전략이었다. 지난번엔 다이어트 약과 곱창 밀키트를 한꺼번에 홍보한 적도 있었다. 다이어트 약 반 포를 입에 털어 넣고, 곱창을 한 젓가락

먹은 다음, 나머지 약 반 포를 마저 먹는 동영상을 업로드하기도 했다.

"한 번에 두 마리 토끼를 잡는 전략이야. 곱창이 얼마나 맛있으면 다이어트 중에도 못 참고 먹겠어? 또 다이어트 약이 얼마나 효과가 좋으면 곱창을 같이 먹어도 괜찮겠어?"

엄마에게는 말도 안 되는 말을 그럴듯하게 하는 뛰어난 재주가 있었다. 엄마가 내게 휴대폰을 넘겨주었다. 엄마는 전문가다운 동작으로, 꿀을 머금은 떡 하나를 포크로 찍어 공중에 쳐들었다.

"일단 손목."

본인의 손목까지 나오도록 찍으라는 뜻이었다. 제품 사진에 집중하되 새로운 네일 아트와 얼마 전 장만한 명품 브랜드의 팔찌도 잘 보이는 구도를 잡아 보라는 의미였다. 나는 이리저리 몸의 각도를

틀어 가며 재빨리 여러 컷을 찍었다. 엄마가 사진을 훑어보며 농담처럼 말했다.

"넌 사진도 잘 찍었다 못 찍었다 기복이 심하다. 성적처럼."

그래도 마음에 안 들지는 않는 눈치였다. 만약 사진이 별로였다면 목소리가 한 옥타브 올라가고 말도 빨라졌을 것이다. 아빠가 찍은 사진을 보고 그러하듯이. 엄마와 아빠는 일종의 동업자였다. 처음 인스타그램 공동 구매를 시작했을 때는 아빠가 MD와 촬영, 엄마는 모델과 마케팅으로 어느 정도 업무 영역이 분리되어 있었지만 사업이 잘되면서 점점 엄마 몫의 업무가 늘어 가는 듯이 보였다. 아빠가 찍어 주는 사진에 엄마는 특히 불만이 많았다. 피사체에 애정이 없고 무성의하다나 뭐라나.

그럴수록 아빠는 더 열심히 하기는커녕, 잘됐다는 표정을 숨기지 못하면서 내게 자기 역할을 쓱 떠넘기려 했다. 오늘도 새벽부터 골프장에 가 버렸다.

"어깨 다섯, 가슴 다섯."

이번에는 어깨에서 자른 사진 다섯 방, 가슴에서 자른 사진 다섯 방을 연이어 찍으라는 의미였다. 나는 엄마가 요즈음 가장 선호하는 보정 앱을 켜고 화사한 봄 느낌 모드를 선택했다. 물론 이 앱으로 찍는다고 해서 우리 엄마가 아예 다른 사람이 되는 것은 아니었다. 사진 속 엄마는 나이를 짐작하기 힘들었고 활짝 웃고 있는데도 표정이 없는 것처럼 느껴졌다. 엄마는 인스타그램에 업로드하

는 자신의 모든 사진을 보정 앱으로 찍었다. 여러 개의 앱 중 오늘은 뭘 고를까 하는 것만이 관건이었다. 자신의 직업이 인플루언서이기 때문에 당연하다고 했다.

"그게 예의야."

직장인들이 아무리 피곤해도 출근할 때 최소한의 메이크업을 하는 것과 다를 바 없다는 논리였다.

엄마의 SNS에 내 얼굴은 등장하지 않았다. 처음부터 그랬던 건 아니다. 유치원생이었을 때는 말할 것도 없고 초등학교 저학년 때까지만 해도 내 얼굴은 엄마의 공개 사진첩에 꽤 잦은 빈도로 출현했다. 남의 집 통통한 아이에 대해 대충 '귀엽다'는 표현으로 넘기는 게 가능하던 시기였다. 엄마의 랜선 친구들은 대부분 선량하고 우호적인 사람들이었다. 내가 나온 사진의 댓글은 귀엽다는 선

플 일색이었다. 엄마는 겸손한 척 "애들은 다 귀엽죠. 실제로 보면 호빵 같아요."라는 식의 댓글을 달았다.

문제가 발생한 건 옥수수 탓이라고 엄마는 지금도 믿고 있었다. 당시 아빠가 추진했던 강원도 옥수수 농장과의 컬래버레이션 상생 프로젝트가 심각한 문제에 봉착하고 말았다. 지구 온난화 때문에 초여름 기온이 갑자기 치솟은 것이 화근이었다. 택배 상자 속 옥수수가 죄다 썩어 있다는 구매자들의 항의가 빗발쳤다. 객관적으로 이쪽에 억울한 부분이 있었다. 엄마 아빠는 일종의 중간 대행 업자였다. 제조처에서 온라인 판매가 가능한지 제안해 오면, 수지를 맞춰 보고 공구 일정을 잡은 다음, 일정 기간 동안 온라인 마케팅을 하고 커미션을 받는 것이 업무 내용이었다.

엄마는 그 옥수수 사고를 계기로 숨어 있던 악플러들이 수면 위로 떠올랐다고 주장했다. 내가 앞니로 옥수숫대를 뜯는 사진 아래 이런 댓글이 달린 것이다.

 돼지처럼 뭐든지 잘 먹게 생겨서 역시 썩은 옥수수도 잘 먹네. 근데 진짜 신기하게 엄마는 하나도 안 닮았어. ㅋㅋㅋㅋㅋㅋ

'ㅋ'의 개수가 여섯 개였다는 것까지 엄마는 아직도 기억했다. 그때 엄마는 엄청나게 속상해했고 모욕죄 고소가 가능한지 알아보라고 아빠를 닦달했다. 내가 상처를 받았을까 봐 염려해서가 아니었다. 엄마의 불안을 자극한 표현은 '안 닮았다.'였다. 엄마는 그 악플러의 진짜 목적이 자신의 성형

수술에 대한 조롱이라고 확신했다.

"그렇게 부자연스럽나?"

나는 아니라는 말을 백 번쯤 반복해야 했다. 내가 자라날수록 엄마는 내 얼굴에서 이젠 희미해진 자신의 옛 이목구비를 읽어 내는 눈치였다. 엄마를 스무 살 때부터 보아 온 아빠 말에 따르면 46세 김은영과 15세 이주민은 다르게 생겼지만, 20세 김은영과 15세 이주민은 사촌지간으로 보일 만큼은 닮았다고 했다.

엄마가 가끔 내 얼굴을 슬쩍 곁눈질하는 것 같을 때 나는 괜히 미안해지고 작아졌다. 그리고 그런 내 마음 때문에 속이 상했다. 예측할 수 없는 장소에서 갸웃거리며 다가와 내 얼굴을 유심히 들여다보고 가는 사람들이 아직 있었다. 어떤 아주머니는 "망고밀크 님 딸 아닌가?"라며 기어이 확인했

고, 다른 아주머니는 "어머나, 그땐 아기였는데 언제 다 컸어?"라며 가방에서 귤 한 알을 꺼내 손에 쥐여 주기도 했다. 그런 일들은 엄마에게 말하지 않았다.

오늘 아침 내가 찍은 사진들은 #세기의콜라보 #면역력개선 #노화방지 #콜라겐생성 #알레르기치유 등등의 현란한 해시태그와 함께 업로드될 예정이었다. 촬영을 마친 허니떡볶이는 내 아침밥이 되었다. 맛있을 리가, 없었다.

# 3

나의 학원 스케줄은 이 동네의 일반적인 중학교 2학년과 크게 다르지 않았다. 주중엔 영어와 수학을 집중 공략하고 주말엔 나머지 주요 과목을 해결했다. 토요일엔 오전 10시부터 국어 학원, 오후 2시부터 과학 학원이었다. 국어와 과학 사이에 한 시간 반가량이 비었다. 보통은 점심으로 햄버거를 빨리 먹은 다음 와이파이가 되는 곳을 찾아 시간을 보내곤 했다. 오늘은 햄버거 말고 제대로 된 밥 종류를 먹으라고 엄마는 집을 나서면서부터 연거푸 강조했다.

"아침도 떡볶이였는데 네가 계속 그런 것만 먹고 다니면 내가 너무 죄책감 들잖아. 나쁜 엄마 같고. 안 그래?"

아침으로 떡볶이를 준 당사자이면서 그런 말을 아무렇지도 않게 하다니. 우리 엄마는 정말이지 양심이 없는 스타일이었다.

이 거리에는 세 가지 색깔만 존재하는 것 같다. 검정, 회색, 남색. 무채색 트레이닝 바지를 무심하게 몸에 두르고 양말 위에 삼선 슬리퍼를 신은 아이들 한 떼가 횡단보도를 건너고 있었다. 엄마와 나는 차 안에서 그들이 다 지나가기를 기다렸다. 칙칙하네,라고 운전석의 엄마는 말했다. 매주 토요일 여기를 지나갈 때면 습관처럼 하는 말이었다.

"근데 너는 또 왜 이래?"

엄마가 조수석에 앉은 나를 쓰윽 훑어보며 혀를 찼다.

"새로 산 티셔츠 왜 안 입었어?"

엄마가 마음대로 사 놓은 옷이었다.

"누가 핑크색을 입어?"

"야, 그거 비싼 거야. 까마귀도 아니고 다 까맣게만 입으면 그게 멋있니? 올 블랙으로 입는다고 날씬해 보이는 거 아니야. 살쪄서 그렇게 입은 줄 다 알아."

나는 기분이 팍 상했다.

"무슨 상관이야, 그냥 학원 가는 길인데."

"그러니까 저기 길 가는 애들이 다 저런 거야. 왜 손에 잡히는 대로 아무거나 주워 입니, 거지같이."

"딸한테 거지가 뭐야?"

"얘가. 내가 언제 거지랬어? 같이,라고 했잖아. 직유법 몰라? 하긴, 모르니까 국어 성적이 그 꼴이지."

엄마는 늘 이런 식이다. 기가 막혀서 더 싸우고 싶지도 않았다. 나는 입을 다물었다. 학원 앞에 도

착해 막 내리려 할 때 엄마의 카톡 알림음이 울렸다. 엄마가 첫 줄을 읽기 전에 내려야 했는데 그만 타이밍을 놓쳐 버렸다. 역시 불길한 예감은 적중했다. 수학 학원 선생님이 보낸 톡이었다.

"시험 50점 맞았어? 반타작? 팩트야?"

"……."

"그리고 이번 주에 숙제 안 해 갔어? 아주 미쳤구나."

나 때문에 누군가가 뱉어 내는 탄식만큼 듣기 싫은 소리는 없을 것이다.

"내가 아침부터 왜 이런 메시지를 받아야 되니?"

나도 궁금했다. 수학 학원에서는 왜 아침부터 저런 걸 보낼 생각을 했는지.

"나 늦었어. 가야 돼."

나는 기어들어 가는 목소리로 말했다. 정말이었

다. 학원 시작 시간이 간당간당했다. 그런데 그 말의 어떤 부분이 엄마의 버튼을 누른 걸까, 알 수 없었다.

"야! 학원은 다녀서 뭐 하니? 다 때려치워!"

엄마가 갑자기 고함에 가까운 소리를 질렀다. 놀라지는 않았다. 가끔 맞닥뜨리는 일이었다. 우리 엄마만 이렇지는 않을 것이다. 어릴 땐 무조건 죄송하다고 말했지만 이젠 나도 그러지 않는다. 그냥 묵묵히 창밖을 바라보면서 견뎠다. 귀를 닫으려고 애쓰면서.

"내가 창피해서 못 살겠어. 그렇게 공부가 싫은데 왜 공중에다 돈을 뿌리고 다니니? 그냥 중학교 중퇴자로 살면 돼. 네 인생 어차피 내 거 아니잖아. 네 인생은 네 거라고!"

내가 정말로, 적성에도 안 맞고 재능도 없는 국영수 공부 따위 오늘부터 때려치우겠다고 하면 엄마는 어떤 표정을 지을까.

"왜 아무 말 못 해? 입이 있으면 말을 해야 할 거 아니야?"

입이 있다고 누구나, 누구에게나 아무 말이나 할 수 있는 것은 아니다. 엄마는 그것도 모른다.

점심엔 엄마 말을 무시하고 햄버거를 먹었다. 계산은 엄마 카드가 아니라 현금으로 했다. 내 수준

♡

에서 할 수 있는 소심한 반항이었다. 우리 엄마는 조이 엄마가 아니므로 내가 사용한 카드 내역 — 치즈버거 세트 6,000원이나 참치김밥 4,000원, 하다 못해 편의점의 생수 1,000원조차 — 은 매번 엄마에게 메시지로 전송되었다.

내 친구 엄마들은 대개 이런 방식으로 아이들을 통제했다. 아니 통제하고 있다고 믿었다. 카드를 하나 쥐여 주고 결제 내역을 자신의 문자 메시지로 받으면서, 아이의 스마트폰에 청소년 유해 차단 앱과 시간 통제 앱을 설치하고서 폰 사용 시간이 청소년 평균에 비해 많은지 적은지 체크하면서, 우리 애는 요즘 애들 같지 않게 순해요, 이 동네 애들이 역시 순둥이죠, 호호호, 같은 글을 맘 카페에 쓸지도 모른다. 틀린 말은 아니었다. 아이들은 몰래 폰을 할지언정 겉으로는 별다른 반항 없이 순순히

통제에 응한다. 귀찮아지지 않으려고. 그게 편하기 때문에.

치즈버거를 씹으며 할 일 없이 폰을 만지다가 인스타그램을 열었다. 엄마의 피드가 제일 먼저 떴다. 좀 아까 차 운전석에서 찍은 셀카 사진이었다. 핸들의 엠블럼과 학원 간판들이 즐비한 거리 풍경이 하나의 프레임에 담겨 있었다.

 얼굴만 봐도 속 터지는 딸내미 학원 데려다주고 가요. 말도 드럽게 안 듣고 공부도 드럽게 안 하고……. 어디 갖다 버려도 아무도 안 주워 가겠죠. ㅋㅋㅋㅋ 북한도 무서워한다는 중2니까 착한 제가 꾹 눌러 참아 보렵니다. 아침부터 속 답답하지만 마누카 꿀 한 스틱 쭉 빨아 먹고 다시 힘낼게요. #마누카꿀 #라이드인생 #워킹맘 #오늘도힘내자

♡

해시태그에 #거지같이는 없었다. 'ㅋ'의 개수는
네 개였고, '좋아요' 개수도 넘쳐 났다. 댓글들은
눈부셔서 차마 읽을 수가 없었다.

 망고밀크 님이 어딜 봐서 중딩 엄마인가
요. ㅎㅎ

 너무 젊고 예뻐서 따님 친구들이 언니라
고 부르겠어요.

 아이들은 엄마 희생으로 자라더라고요.
세월이 가면 아이도 철들고 엄마 진심에
눈물 흘릴 날이 오겠죠.

여기서 치즈버거를 먹다가 테이블에 고개를 처
박고 엎드려 우는 사람도 있었을까. 없었겠지. 내가
그 첫 번째 인간이 되고 싶지는 않았다. 나는 입술

대신 콜라 컵 속의 얼음을 깨물었다. 유튜브 앱을 연 것은, 뭐라도 하지 않으면 안 될 것 같아서였다.

나는 유튜버라고 하기에도 민망한 수준의 무명 유튜버였다. 몇 년 전부터 아주 가끔씩 영상을 올리곤 했다. 주로 무영공을 바탕으로 한 소시액 영상이었다. '무영공'은 무편집 영상 공유, '소시액'은 소규모 시리즈 액체괴물의 줄임말이다. 다른 유튜버들이 슬라임을 가지고 노는 영상을 무편집으로 공유해 주면, 그걸 다운받아 편집을 하고, 그 편집 영상 위에 내가 쓰고 싶은 글을 적는다.

'소규모'라는 말대로 작고 소소하게 자신의 학교생활이나 근황, 친구 문제, 짝사랑하는 남자애 이야기 등을 수다 떨듯이 일기처럼 풀어내는 거였다. 그러면 구독자들이 댓글을 달고 계정주도 대댓글을 달면서 서로 소통했다. 제목에 따라 조회 수가 조금씩 달라지긴 했지만 지금까지 내 영상의 조회 수는 평균 30~40회 정도였다. 50회를 넘긴 적은 한 번도 없었다. 15명 남짓한 구독자들 중에 현실 친구는 아무도 없었다. 내 친구들은 내가 이런 걸 하는지도 모를 것이다.

　나는 얼음을 입 안에서 돌돌 굴리며 자막 편집을 시작했다.

안녕하세요, 여러분. 블루하트예요.

오랜만에 인사드려요.

오늘은 저답지 않게 조금은 우울한 이야기를

해 보려고 해요.

어느 부모님이나 다 그렇겠지만 저희 부모님도

저를 힘들게 키워 주셨어요.

저는 그것에 대해 항상 감사하게 생각하지만

요즘에는 정말……

더 못 참을 것 같다는 생각이 들어요.

저는 어쩌면 좋을까요?

갑자기 서러움 같은 것이 복받쳐 올라왔다. 나
도 모르게 손가락이 빨라졌다.

저희 엄마 아빠에게 저라는 존재는 무엇일까요?

손톱의 때만큼이나 의미가 있기는 할까요?

저희 부모님은 유명한 인플루언서예요.

부럽다고 말하는 애들도 있지만

그럴 때면 전 그냥 웃을 뿐이죠.

SNS에서는 누구에게나 친절하고 착하게 보이지만

실제로는 꼭 그러신 건 아니에요.

그리고 특히 저한테는……

엄마는 내가 무슨 노예인 줄 알아요.

아니, 노예는 너무 나갔나. 그 단어를 지우고 다른 것을 집어넣었다.

엄마는 내가 무슨 기계인 줄 알아요.
나도 감정이라는 게 있는데. 나도 사람인데.
왜 사람 마음을 무시하고
자존심을 짓밟아도 된다고 생각할까요?
힘들게 키워 주시면 감사해야지 다른 걸 바라는 건
너무 큰 욕심인가요?
내가 이 세상에서 사라지면
이런 마음도 사라지고 슬픈 감정도 사라지겠죠?
후…… 그렇겠죠.
여러분은 항상 행복하셔야 해요.

저는 그렇지 못했지만.

그동안 고마웠어요. 안녕히 계세요.

제목을 뭐라고 붙일까 3초 정도 고민하다가 그 순간 머리에 떠오르는 대로 적었다.

### 다 놓아 버리고 싶은 날

방금 내 손끝에서 나온 문장을 보니 눈가가 뜨거워졌다. 나는 테이블에 이마를 박고 우는 대신 손등으로 쓱 눈가를 훔쳤다. 엉망진창이던 기분이 아주 조금, 코딱지의 절반만큼 나아진 것도 같았다. 어느새 수업 시간이 다 되었다. 벌떡 일어나서 먹고 난 쟁반을 정리했다. 콜라 잔에 남은 얼음은 액체 전용 쓰레기통에 쏟아 버리고, 냅킨 뭉치들은 일반 쓰레기통에 버렸다. 지각하면 벌점이었다. 벌점 세 번이면 퇴원 조치였다. 할 수 없이 뛰어야 했다. 그게 전부였다.

그리고 그 일이 일어났다.

# 4

평소에는 유튜브 알림을 꺼 놓는다. 켜 놓을 필요가 별로 없기 때문이다. 그래서 하루 사이 내 인생에 무슨 일이 일어났는지 까맣게 몰랐다.

어제 오픈했던 마누카 꿀의 판매량이 예상보다 저조하다고 아빠가 엄마에게 투덜거렸다.

"매번 똑같은 포즈 좀 잡지 마. 식상해. 뭐 새로운 거 없어?"

엄마가 아빠에게 소리를 빽 질렀다. 둘은 조금 싸우다가 이내 동업자 모드로 돌아가, 아무래도 오늘은 새로운 핫플레이스 레스토랑에 찾아가서 촬영을 해야 할 것 같다는 데 동의했다. 엄마는 나에게도 함께 가자고 말했다. 사진을 찍으려면 내가 필요해서일 것이다. 나는 밀린 수학 숙제를 해야 한다는 핑계로 거절했다. 밀린 숙제에 대해 그제야 떠올랐는지 엄마 안색이 변했다.

"맞다. 저번에 못 한 것까지 싹 다 해 놔."

어차피 따라갈 마음은 전혀 없었지만 막상 그런 소리를 들으니 왠지 밑 빠진 독을 채워야 했던 콩쥐의 심정을 알 것도 같았다. 엄마 아빠는 다음 주 론칭 상품인 변비환에 대한 회의를 이어 갔다. 아빠가 갑자기 나를 보더니 이번엔 내가 비포 애프터를 찍어도 괜찮을 것 같다고 말했다. 엄마가 나보다 먼저 발끈했다.

"그게 무슨 소리야? 애더러 똥이라도 찍으라는 거야?"

"아니, 화장실에 들어가기 전과 후 표정 샷을 주민이가 해도 괜찮겠다고. 당신이 하는 건 이미지

차원에서 좀 그렇잖아."

"미쳤나 봐. 애한테 왜 그런 걸 시켜?"

엄마는 단호하게 화를 냈다. 아주 가끔이지만 이럴 때면 그래도 내가 엄마한테 아무것도 아닌 존재는 아니구나 싶어진다. 아빠는 남의 일인 듯 뒤통수를 긁더니 더는 얘기를 꺼내지 않았다. 두 사람이 외출한 뒤 나는 내내 숙제를 하다가 늦은 오후가 되어서야 스마트폰을 확인했다.

무심코 내 계정에 들어갔을 뿐인데, 놀라운 일이 기다리고 있었다. 내가 어제 햄버거 가게에서 올렸던 영상의 조회 수가 무려 1.8만이었다. 18도 180도 아니고 1.8만. 말 그대로 '떡상'이었다. 믿어지지 않았다. 나는 손등으로 눈가를 비볐다. 총 105개의 댓글이 달려 있었다. 댓글 창을 여는 손가락이 떨렸다. 추천 수가 가장 많은 댓글은 다음과 같았다.

제발 살아 주세요!

이게 대체 어떻게 된 영문이지? 머릿속이 하얘 졌다. 알 수 없는 유튜브 알고리즘에 의해, 내 영상 이 불특정 다수의 이용자들에게 노출된 것은 분명 한데. 그런데 그 과정에서 내가 미처 짐작 못 한 일 이 일어난 것 같았다. 나는 호흡을 가다듬으며 시 간 역순으로 댓글을 하나씩 읽어 나갔다. 괜찮으 냐, 살아 있느냐는 댓글이 가장 많았다. 아무리 힘 들어도 절대로 나쁜 선택을 하면 안 된다는, 느낌 표 가득한 글을 읽고서야 나는 영상 제목을 다시 확인했다.

## 다 놓아 버리고 싶은 날

아! 다수의 사람들이 오해하고 걱정하기에 충분한 제목이었다. 눈앞이 캄캄했다. 토요일 오후에 걱정스러운 영상 하나를 딱 올리고서, 그날 저녁이 되고 밤이 되고 일요일 새벽이 되어도 당사자가 등장하지 않자 사람들의 걱정이 점점 증폭되었나 보았다. 스스로 나쁜 결정을 내리러 간 게 분명하니어서 경찰에 신고하자는 사람들이 있는 반면에, 구글에서 사용자의 개인 정보를 절대로 공개하지 않으니 신고해 봐야 경찰이 아무것도 해 주지 못할 거라는 다른 사람들도 있었다.

그러다 누군가가, 내 예전 영상들의 내용을 분석한 댓글을 올렸다. 직접 자막을 붙여 놓고도 내가 올렸는지조차 잊어버리고 있던 영상이었다.

2년 전 영상 보고 왔는데, 초등 졸사 찍고 친구들이랑 걸어가서 E 아파트 상가에서 돈가스 먹었다는 말이 있어요. 거기 서울 D동이에요. 2년 전에 졸사 찍었으니 그땐 6학년. 지금은 중2겠죠. 그러니까 그 동네에 사는 중학교 2학년쯤으로 좁힐 수 있을 것 같고요. 교복 치마라는 단어도 있었으니까 여자. 그중에서 부모님이 유명한 인플루언서인 사람을 알아보면 누군지 금방 찾을 수 있을 것 같은데요.

 역시 경찰보다 네티즌 수사대가 훨씬 낫네요.

일이 이미 너무 커져 버렸다는 사실을 무섭게 깨달았다. 내 앞에는 가까스로 두 갈래의 선택지가 남아 있었다. 지금 빨리 영상을 지울 것인가? 아니면? 손가락이 허공에서 머뭇거리고 있는 사이, 댓글 한 개가 더 달렸다.

 블루하트 님, 그 심정 저도 잘 알아요. 저는 실제로 시도까지 한 적이 있었어요. 비록 실패로 끝났지만요. 성공했다면 지금 여기서 댓글을 쓸 수도 없었겠죠. 제가 비록 멀리 있지만 마음으로 꼭 안아 드릴게요. 오늘 못 견딜 만큼 힘들어도 아주 잠깐씩 숨을 참고 견디면, 내일은 조금 더 나아질 거예요. 너무 힘들면 여기 와서 아무 얘기나 해 주세요. 저희가 다 들어 드릴게요.

삭제를 결심하고 주춤주춤 앞으로 나아가던 손가락이 힘없이 밑으로 떨어졌다. 처음. 처음이었다. 이런 위로와 다독임은 태어나서 단 한 번도 받아 본 적이 없었다. 낯선 사람들이 따뜻하게 건네

준 마음들을, 잡아 준 손들을, 차마 내 멋대로 지워 버릴 수는 없었다. 없던 걸로 만들 수는 없었다. 이 제 나는 어떻게 해야 좋을까?

5

그리고 마치 파도가 연달아 밀려오는 것처럼 여러 일들이 빠르게 일어났다. 누군가가 페이스북과 트위터에 내 사연을 공유했다. '이 학생을 찾아 주세요. 지켜 주세요.'라는 제목이었다. 또 누가 그걸 그대로 온라인 커뮤니티에 퍼 갔다. '유명 인플루언서 딸' '극단적 선택 암시 후 연락 두절'이라는 키워드가 세간의 폭발적인 관심을 모았다. 내 글은 '중학생의 유서'라는 타이틀을 단 채 여러 커뮤니티로 번져 갔다. '중학생 목숨을 앗아간 대한민국 사교육의 문제점. 자녀 학대한 유명 인플루언서는 누구?'라는 기괴한 제목으로 변형되기도 했다.

평소 온라인 커뮤니티에 자주 들어가는 아빠가

소문에 가장 빨랐다.

"우리 동네 중학생 사건 봤어? 이런 일이 다 있네?"

엄마가 고개를 가로저었다. 두 사람은 내 귀에 들릴까 봐 목소리를 한껏 낮춰 소곤거렸다.

"또 누가 잘못된 거야?"

"아직은 모르고, 글 남겨 놓고 실종 상태인가 봐."

"어머, 웬일이야."

"유명 인플루언서의 딸이라는데. 누군지 알아?"

"글쎄 그런 사람들이야 여기저기 많겠지 뭐."

무언가를 예감한 걸까. 엄마 대답이 다소 떨떠름했다. 아빠가 중얼거렸다.

"별일 없어야 할 텐데. 그나저나 부모가 누군지 궁금하네."

오래 궁금해할 필요는 없었다. 막강한 수사 능력을 자랑하는 대한민국의 네티즌 수사대가 곧바로 대상을 특정해 친히 찾아왔기 때문이다.

 망고밀크 님, 그 소문 정말 맞나요? 아니죠?

인스타그램의 셀카 밑에 달린 댓글을 읽고서도 엄마 아빠는 사태를 바로 파악하지 못했다. 그건 시작에 불과했다. 곧이어 유령 계정들이 대거 몰려왔다. '살인자'라는 댓글을 보자 아빠는 놀라서 폰을 바닥에 떨어뜨렸다. 액정이 깨졌다. 빨리 신고해야 될 것 같다고 아빠가 다급하게 말했다.

"마른하늘에 날벼락이라더니, 왜 엉뚱한 데 몰려와서 난리들이야."

아빠는 '그 아이'가 나라는 가능성은 전혀 염두

에 두지 않고 있었다. 그도 그럴 것이 네티즌들의 상상 속에서 '그 아이'는 이미 집을 떠나 (죽기 위해!) 어디론가 잠적한 상태였다. 그런데 자신의 딸은 지금 눈앞에서 어피치 캐릭터가 그려진 수면 바지를 입은 채 왔다 갔다 하고 있으니 당연히 둘을 연결 지어 생각하지 못하는 거였다. 엄마는 아무것도 하지 않고 오로지 자신의 인스타만을 들여다보았다. 악플 하나조차 놓치지 않겠다는 듯 소파에 정자세로 앉아 5초 간격으로 새로 고침을 하는 엄마는 마치 전투에 나서려는 사령관 같았다.

나는 그냥 거실과 주방을, 천천히, 빙빙 돌았다. 빙빙 돌기만 했다. 방문을 닫고 혼자 들어가 있으려고 했지만 무섭고 불안해서 도저히 그럴 수가 없었다. 아무 얘기를 하지 않더라도, 피부가 맞닿아 있지 않더라도, 누군가의 곁에 있어야 그나마 숨을

쉴 수 있을 것 같은 기분이었다. 그게 엄마 아빠일
지라도 말이다.

엄마가 결단을 내렸다. 일단 인스타를 비공개로
돌리기로 한 것이다. 아빠는 반대했다.

"당장 꿀이랑 떡볶이 어떻게 할 거야? 그 회사
쪽에서 가만 안 있을 텐데."

"이렇게 망하나 저렇게 망하나 마찬가지잖아.
그리고 어차피 이 와중에 신규 유입자들이 물건 사
러 오겠어?"

지금으로서는 마치 악플을 달기 위해 급조한 것
같은 유령 계정들의 침입을 막는 일이 가장 시급하
다는 판단이었다.

"그거 우리 아니라고, 허위 사실 유포하면 법적
대응 한다고 글 하나 올릴까?"

아빠의 말에 엄마가 잠시 생각에 잠겼다. 엄마

의 다크서클이 유난히 짙은 검보라색이었다. 내 심장이 죄어 왔다.

"주민아."

엄마가 나지막하게 나를 불렀다. 올 것이 왔음을 깨달았다. 엄마가 자신이 앉은 소파 옆자리를 손바닥으로 툭 쳤다. 가까이 오라는 뜻이었다. 아빠는 그 아래 바닥에 양반다리로 풀썩 주저앉았다. 이렇게 셋이서, 서로의 콧김이 생생히 닿는 터무니없이 가까운 거리에 다정한 듯 둘러앉아 우리는 무엇을 하려고 하는지. 내가 열다섯 살이 아니라 다섯 살이라면 입을 최대한 커다랗게 벌리고서, 으아, 하는 괴성을 지르며 울어 버릴 수 있을 텐데. 이어색한 분위기를 순식간에 뒤집어 버릴 수 있을 텐데. 어떤 시기로부터 아주 멀리 와 버렸다는 실감이 들었다.

"혹시 말이야. 엄마 아빠한테 말하지 않은 거 있니? 엄마 아빠가 알아야 되는데 아직 모르는 거. 너에 대한 거."

엄마 아빠에게 말하지 않은 것, 엄마 아빠가 모르는 것? 그건 나의 모든 것이었다. 내가 나라는 것. 그게 비밀이야, 엄마.

침묵 속에서 엄마와 나의 시선이 아주 잠깐 맞부딪혔다. 엄마의 눈동자가 고요하게 흔들리고 있었다. 거기 어려 있는 건 두려움이었다. 나는 고개를 떨궜다. 깊이, 더 깊이. 아빠가 무슨 말인가를 하려고 하자 엄마가 살짝 제지했다.

"주민아, 이제 말해 줄 수 있어? 그거, 혹시 너야?"

우리 엄마가 이런 상황에서 이렇게 차분하고 침착하게 말할 수 있는 사람인 줄 지금까지 나는 몰

주민아.

혹시 말이야. 엄마 아빠한테 말하지 않은 거 있니?

엄마 아빠가 알아야 되는데 아직 모르는 거. 너에 대한 거.

엄마 아빠에게 말하지 않은 것, 엄마 아빠가 모르는 것? 그건 나의 모든 것이었다.

랐다. 엄마가 나의 진심에 대해 아는 게 별로 없듯이 나 역시 엄마에 대해 그런지도 몰랐다. 피할 수 없는 순간이었다. 내가 대답해야 할 차례였다. 나는 입술을 움직이려고 애썼다. 어쩌면 나는 아니라고 말할 수 있을지도 몰랐다. 내가 블루하트인 건 맞지만 블루하트가 쓴 글 속의 '나'가 완벽한 진짜 나는 아니니까. 엄마가 망고밀크인 건 맞지만 망고밀크가 올리는 SNS 속의 엄마가 완전히 진짜 엄마가 아닌 것처럼.

나는 "응."이라고 아주 조그맣게 말했다. 아빠는 상황을 파악하지 못하고서 얼떨떨한 표정을 지었다.

"말이 돼? 넌 지금 여기 있잖아. 걔는 글 남기고 사라졌는데 왜 네가 걔야? ……야, 너 설마."

아빠가 자리에서 벌떡 일어섰다.

주민아, 이제 말해 줄 수 있어?

그거, 혹시 너야?

응.

"뻥으로 올린 거야? 요즘 말로 그 뭐냐, 조작. 그거 한 거야?"

아마도 '주작'을 말하고 싶었던가 보았다. 나는 잠자코 아랫입술을 깨물었다.

"야, 대답해 봐. 너 인마, 너 때문에 지금 엄마 아빠 일 다 망하게 생겼잖아. 아무리 철이 없어도 그렇지. 뒷일 생각도 안 하고 그런 장난을 치고 싶어? 부모가 뭐 하는 사람인지 몰라? 에이 씨, 정말."

아빠가 내게 이렇게 화를 쏟아 내는 건 처음이었다. 아주 어릴 때부터 아빠는 나에 관련된 여러

일들을 늘 엄마에게 미루었다. 자신도 이주민이라는 아이의 부모 중 하나이기는 하지만, 최종 책임자는 아니라는 식이었다. 내가 뭔가를 잘못해서 엄마에게 혼나고 있으면 아빠는 가끔 놀러 오는 마음씨 좋은 이웃집 아저씨처럼 한 마디씩 거들곤 했다. "얼른 엄마한테 죄송하다고 해." 습관적으로 엄마를 말리는 시늉도 했다. "그만해. 똑똑한 애니까 나중에 다 알아서 잘할 거야."

나는 아빠가 주먹으로 소파를 내리치며 분노하

는 모습을, 엄마에게 애가 뭐 하고 다니는지도 몰
랐느냐고 짜증 내는 모습을 낯설게 바라보았다.
그리고 엄마는 아무 말도 하지 않았다. 창백한 낯
빛으로 식물처럼 조용히 자리에 앉아서 어딘지 모
를 곳을 바라보기만 했다. 차라리 내 어깨를 거칠
게 잡고 마구 흔들어 대기라도 한다면, 언젠가 네
가 이런 사고를 칠 줄 알았다고 당장 이 집에서 나
가서 마음대로 살라고 소리친다면 좀 나을지도 몰
랐다.

"그거 지금 볼 수 있어?"

엄마가 마침내 입을 열었다.

"네가 올린 그 영상 말이야. 아직 남아 있어?"

엄마의 물음에 나는 고개를 끄덕일 수밖에 없었
다. 내 유튜브 계정을 알려 주고, 나는 내 작은 방
으로 들어왔다. 차마 그 옆에 있을 수는 없었다. 창

문이 열려 있었을까, 방문 닫는 소리가 깜짝 놀랄 만큼 크게 울렸다. 부모님은 내가 일부러 문을 거칠게 닫았다고 오해할지도 몰랐다. 그게 아니라고, 문을 세게 닫고 싶은 마음이 없었던 건 아니지만 이렇게까지 쾅 닫으려고 했던 것은 아니라고 변명하고 싶었다. 문을 조심조심 닫은 것은 결코 아니지만 이렇게까지 큰 소리로 닫힐 줄은 몰랐다고, 의도하지 않은 기이한 우연의 결과를 나도 어떻게 감당해야 할지 모르겠다고 흐느끼며 고백하고 싶었다. 그렇지만 나는 이불을 뒤집어쓴 채 아무 기척을 내지 않았다.

# 6

부모님은 아무것도 묻지 않았다. 그래서 나도 아무것도 대답하지 않았다. 그게 정말로 유서였느냐고 물었다면 나는 어떻게든 더듬더듬 대답을 찾으려고 했을 것이다.

학교에 갔지만 네가 혹시 블루하트냐고 확인하려 드는 애들은 없었다. 나는 평소와 똑같은 교복을 입고 똑같은 가방을 메고 똑같은 걸음걸이로 등교했다. 내가 멀쩡히 나타났다는 사실이 내 결백을 증명했다. 블루하트는 여기 존재할 수 없었다. 작별 인사를 하고 떠났으니까.

마침 어떤 3학년 선배 하나가 무단결석을 했다. 집에 전화를 해도 연락이 되지 않는다고 했다. 그가 블루하트라는 소문이 속삭속삭 퍼졌다. 그러나 대부분의 아이들은 별 관심 없는 눈치였다. 남의 문제로 들썩이기엔 이 동네 아이들은 각자의 일들로 너무 바빴다.

"그 블랙인가 블루인가 뭔가 실존 인물 아니라던데?"

은결이가 논술 학원에서 듣고 온 이야기를 전했다.

"우리 원장님이 그러는데 누가 일부러 만들어 낸 캐릭터래. 한국 사회와 교육 문제, 청소년 문제, 뭐 그런 기타 등등에 대해서 논란거리를 던진 다음에 대중들의 반응을 알아보는 사회 실험으로 추정된대. 온라인 커뮤니티에 원래 그런 글 많다며."

은결이는 그 불똥이 괜히 자기한테 튀었다고 투덜댔다. 학원에서 사이버 여론 조작에 대한 글을

1,000자 내외로 써 오라는 과제를 내 주었다는 것이다.

"어차피 금방 다 잊힐 텐데."

은결이가 뱉은 말이 옳았다. 이틀 뒤 인기 아이돌의 만취 음주 운전 사건이 터졌다. 옆자리에 연상의 스타 여배우가 타고 있었다고 했다. 네티즌의 관심이 모두 거기로 쏠린 듯했다. 엄마의 인스타그램도 곧 잠잠해졌다. 비공개로 돌리고 댓글까지 제한한 덕분이기도 했다. 마누카 꿀과 떡볶이 키트 주문이 약간 저조하긴 했지만 심각한 타격을 입을 정도는 아니었다. 발 빠르게 외부 유입을 차단한 게 신의 한 수였다고 아빠가 모처럼 엄마를 칭찬했다. 엄마는 대꾸하지 않았다. 그날 이후 가장 크게 달라진 건 이 세상이 아니었다. 엄마였다.

엄마는 마치 몸 안의 나사들을 다 뺐다가 다시

조립하는 과정에서, 가장 작고 단단한 부속품 하나를 어딘지 모르는 곳에 놔두고 온 사람 같았다. 내가 학교에서 돌아오면 온 집 안에 물건 샘플을 늘어놓고 사진을 찍는 대신에 안방의 암막 커튼을 내리고 누워 있거나, 식탁 의자에 우두커니 앉아 있곤 했다. 나는 차마 입을 떼지 못한 채 가방만 바꿔 들고 학원으로 갔다.

유튜브에 들어가지 말아야겠다고 결심했지만 마음대로 되지는 않았다. 계속 참다가 숨이 턱까지 차오를 것 같을 때 못 참고 들어갔다. 댓글 개수를 재빨리 확인하고 새로 달린 글만 눈으로 훑었다. 시간이 지날수록 내 안부를 염려하는 글은 확연히 줄어들고, 어떻게 된 일인지 밝히라는 댓글들이 올라오고 있었다.

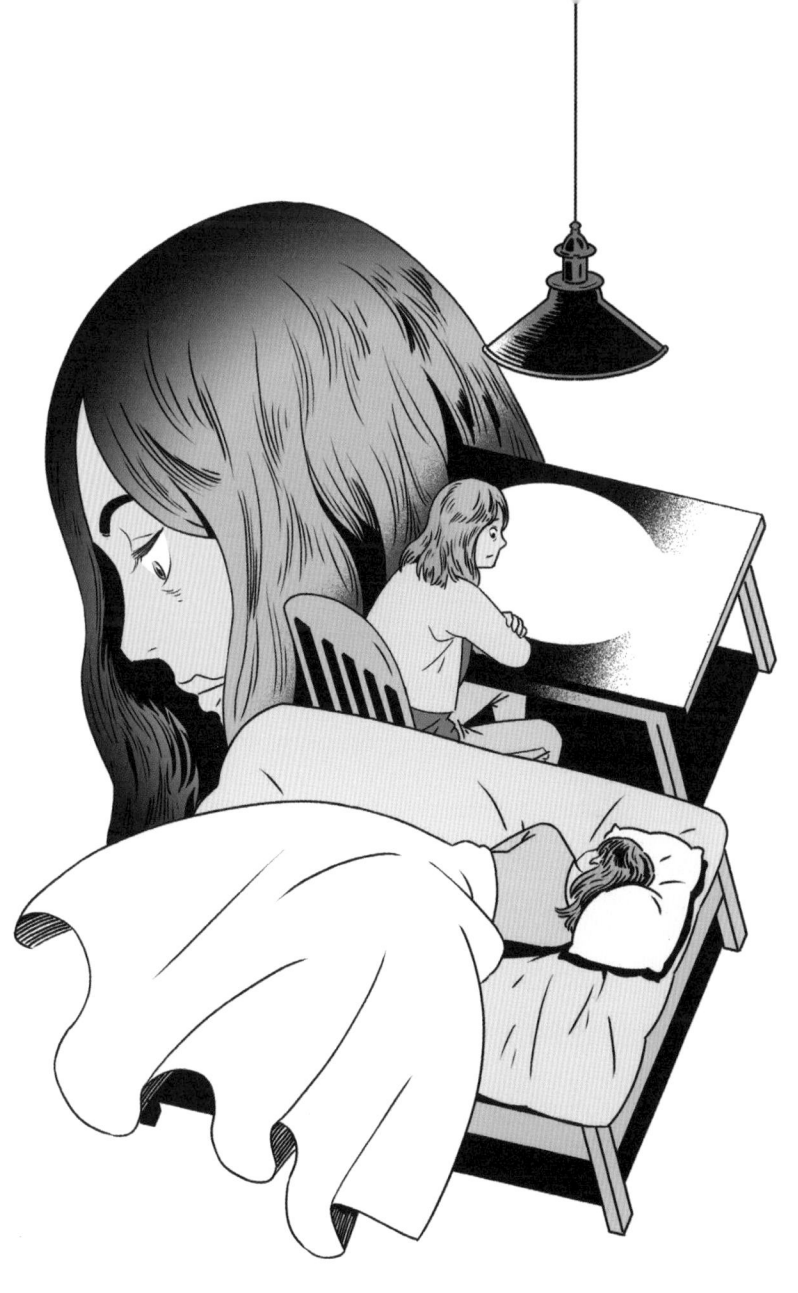

블루하트 님, 해명 안 하실 건가요? 사람들이 걱정하는 거 안 보여요? 민폐 잔뜩 끼쳤으니 죽었는지 살았는지 알려 줘야 할 거 아니에요?

내가 만약 죽었다면 생사를 알리고 싶어도 방법이 없을 것이다. 그러나 나는 그러지 않았으므로 대답해야 했다. 무슨 말이든 해야 했다. 그게 맞는다는 건 어렴풋이 알면서도 용기가 나지 않았다.

시간은 조금씩 흘러갔다. 엄마의 인스타는 다시 전체 공개로 설정이 바뀌었다. 피드에 '유튜버 따님은 어떻게 되었나요? 별일 없이 잘 있나요?'라는 댓글이 한 개 달렸다. 프로필에 서너 살쯤으로 보이는 자기 아들 사진을 올려 둔 이용자였다. 그 댓글의 '좋아요'는 그새 열 개에 달했다.

"아무 말 없이 그냥 하트를 누르고 간 사람들이

저렇게 많네."

엄마가 혼잣말처럼 중얼거렸다. 아빠는 그 이용자를 차단하고도 분이 풀리지 않는지 씩씩거렸다.

"또 나타나기만 해 봐라. 바로 신고할 테니까."

엄마가 반문했다.

"무슨 죄목으로?"

"뭐냐, 그 허위 사실 유포나 모욕죄 같은 거 있잖아."

"그 질문에 허위 사실이나 모욕이 어디 있어?"

엄마가 물기 없는 목소리로 반문했다. 아빠가 멋쩍게 헛기침을 했다. 우리는 이번 공동 구매 제품인 한우곰탕 팩을 데우고, 다음 공구 제품 중 하나인 배추김치를 꺼내어 밥을 먹었다. 그다음 차례로 전라도식 김치 3종 세트, 포토 스튜디오의 사진 촬영 할인권, 캘리포니아산 견과류 믹스 등이 대기

하고 있었지만, 예전에 계약된 것들일 뿐 새로운 협업 제안은 거의 없다고 말하면서 아빠가 한숨을 내쉬었다. 나는 숟가락질을 멈출 수도 없고 계속할 수도 없었다. 엄마가 말없이 일어나더니 내 국그릇에 곰탕 국물을 더 부어 주었다.

나는 엄마 인스타에 달린 질문을 되뇌었다. '유튜버 따님.' 엄마도 아빠도, 우리 집에 그런 애가 없다고는 대답하지 않았다. 우리 애가 올린 글이 아니라고도 하지 않았다. 엄마 아빠는 최소한 그런 거짓말은 하지 못하는 사람들이구나,라고 나는 생각했다. 우리는 조용히 각자의 밥알을 씹었다.

"오, 이거 어때?"

아빠가 갑자기 소리쳤다. 사진 촬영 할인권의 홍보 방법에 대해 고민하다가 번뜩 구상이 떠올랐다고 했다.

"샘플로 우리 가족사진을 찍어서 올리는 거야!"

엄마도 나도 얼른 고개를 저었지만 아빠는 이미 자신의 아이디어에 흥분한 상태였다.

"적어도 애가, 아니지, 우리가 이렇게 잘 있다는 증명은 될 거 아니야. 아무 변명 안 해도."

# 7

사진관 건물은 아주 컸다. 탈의실 옷걸이에 여러 벌의 옷이 걸려 있었다. 우리는 거기서 시키는 대로 흰색 셔츠와 청바지로 갈아입었다. 셋이 똑같은 차림이었다. 우리에게 배정된 스튜디오는 넓지 않은 공간에 벽과 바닥이 온통 새하얬다. 정중앙에 스툴 의자가 하나뿐이었다. 내가 앉고, 엄마 아빠가 양쪽에 서라고 했다.

담당 사진작가님은 젊은 여성이었다. 카메라 앞에 서는 게 직업인 엄마를 빼고, 아빠와 나는 어색하기 짝이 없는 표정을 지었을 텐데도 셔터를 누를 때마다 연신 '좋아요!' '잘하고 계세요.' 하고 추임새를 넣었다. 웃으라는 주문이 가장 어려웠다.

입을 활짝 벌리고 표정 근육을 잔뜩 사용하느라 우리는 애를 썼다. 어떤 사람에게는 웃는 얼굴로, 또 어떤 사람에게는 찡그리는 것으로 보일 것이다. 울기 직전의 표정으로만 보이지 않는다면 다행일 것이다.

사진작가님이 이번에는 어깨동무 포즈를 취해 보라고 했다. 나는 의자에서 일어섰다. 부모님과 나란히 섰다. 엄마와 아빠가 각자 팔 하나씩을 내 등에 둘렀다. 나는 어정쩡하게 양손을 모은 채 똑바로 섰다.

"주민 양은 힘 좀 빼요. 전체적으로."

작가님이 소리쳤다. 그 말을 듣자 도리어 얼어붙었다. 힘을 빼는 건 어떻게 하는 걸까. 그런데 그게 다가 아니었다.

"자, 이제 그 상태에서 다 같이 자연스럽게 뒤를

돌아볼 거예요."

엄마는 왼쪽, 아빠는 오른쪽으로 동시에 돌려다가 가운데 있는 내가 움찔 넘어질 뻔했다.

"어, 미안 미안."

엄마 아빠가 반사적으로 사과했다. 잠시 아주 짧은 침묵이 우리를 스쳐 지났다. 나도 엄마 아빠의 허리에 느슨하게 한 팔씩을 감았다. 작가님은 우리의 뒷모습을 찍기 시작했다.

"네, 좋아요. 아주 좋아요."

뒤에서 찰칵찰칵 빠르게 셔터를 눌러 대는 소리가 들려왔다. 우리 세 사람의 뒷모습은 어떨까. 한 번도 본 적 없는데. 우스꽝스럽지 않을 자신은 없었다.

며칠 후, 엄마의 인스타그램에 가족사진 두 장

이 업로드되었다. 앞모습 한 장, 뒷모습 한 장. 나란히 섰을 땐 의식하지 못했는데 사진으로 보니 우리 셋의 키와 체구가 얼마 차이 나지 않았다. 서로 팔을 두르고 선 세 사람의 뒷모습 ― 뒤통수와 등판과 엉덩이와 발뒤꿈치 ― 은 역시 우스꽝스러웠고 또 이상하게도 조금 슬펐다. 나는 가만히 하트를 눌렀다.

그리고 내 유튜브 계정에 들어갔다. 내가 올린 영상도, 댓글들도 다 그대로 있었다. 늦었지만 이제는 정말로 무언가를, 어떤 해명의 글을, 아니 사과의 글을, 아니 아니 그냥 내 마음에 대한 글을 써야 했다. 늦었지만, 더 늦기 전에. 영영 늦어 버리기 전에. 화면 속의 업로드 버튼이 나를 기다리고 있었다.